Unterwürfige Fantasie

Herrschaft und erotische Unterwerfung

Erika Sanders

Titel
Unterwürfige Fantasie
Von
Erika Sanders
Serie
Herrschaft und erotische Unterwerfung

@ Erika Sanders, 2023
Titelbild: @ Demian, 2023
Erstausgabe: 2023

Zusammenfassung

Ich holte tief Luft, blies es langsam aus und leckte meine trockenen Lippen.

Hatte er nur eine Stunde lang die Kontrolle gehabt?

Oder zumindest die Möglichkeit, wegzugehen?

Ich hörte ihn sich im Raum bewegen, der Fernseher schaltete sich wieder ein ... als er merkte, dass er darauf wartete, dass ich es mir bequem machte.

Ich schloss die Augen, nicht dass es etwas ausmachte, da ich sowieso nicht durch die Augenbinde sehen konnte ...

Unterwürfige Fantasie ist eine Geschichte mit stark erotischem BDSM-Inhalt und gehört wiederum zur Erotic Domination-Sammlung, einer Reihe von Romanen mit hohem romantischem und erotischem BDSM-Inhalt.

(Alle Charaktere sind 18 Jahre oder älter)

Anmerkung zum Autorin:

Erika Sanders ist eine international bekannte Schriftstellerin, die in mehr als zwanzig Sprachen übersetzt wurde und ihre erotischsten Schriften, fernab ihrer üblichen Prosa, mit ihrem Mädchennamen signiert.

Index:

UNTERWÜRFIGE FANTASIE
VON
ERIKA SANDERS

KAPITEL I

"Jetzt bist du wirklich in Schwierigkeiten geraten."

Ich schnaubte leise.

Es war ein sehr unladylike Sound, aber im Moment konnte ich nur darüber nachdenken, was als nächstes passieren würde.

Hatte er wirklich zwischen den Zeilen all unserer E-Mails gelesen?

Aus Online-Chats?

Von nächtlichen Telefonaten?

Vielleicht hätte es subtiler sein sollen.

Das sagen alle Magazine, oder?

Jungs brauchen mich, um ihnen zu sagen, was sie tun sollen.

"Entspann dich, Debbie."

Das Flüstern an meinem Ohr ließ mich springen.

"Leicht zu sagen, Harry."

"Shh. Ich komme wieder."

Ich holte tief Luft, blies es langsam aus und leckte meine trockenen Lippen.

Hatte er nur eine Stunde lang die Kontrolle gehabt?

Oder zumindest die Möglichkeit, wegzugehen?

Ich hörte ihn sich im Raum bewegen, der Fernseher schaltete sich wieder ein ... als er merkte, dass er darauf wartete, dass ich es mir bequem machte.

Ich schloss meine Augen, nicht dass es etwas ausmachte, da ich sowieso nicht durch die Augenbinde sehen konnte, und ich dachte an früher heute Abend ...

KAPITEL II

Ich nahm mein Handy und atmete aus.

Mein Finger schwebte über der SEND-Taste, meine Augen klebten an den beiden Wörtern auf dem Bildschirm: Ich bin HIER.

Ich holte tief Luft und besiegelte mein Schicksal. Ich betete, dass sich meine Nerven beruhigen würden, dass mir nicht mehr übel wurde.

Es gab jetzt kein Zurück mehr.

Das Geräusch einer Toilettenspülung übertönte das Geräusch eines nahe gelegenen Telefons.

Einen Augenblick später öffnete sich die Tür vor mir und meine Nerven wurden vergrößert.

"Wirst du die ganze Nacht dort stehen?" Sagte er leise.

Die tiefe Stimme kam aus der beleuchteten Tür.

Harry

Ich musste meine Augen nicht mehr schließen, um es mir vorzustellen.

Seine breiten Schultern ragten einen Fuß über mich hinaus und waren in ein Button-Down-Hemd gewickelt, dessen Ärmel bis zu den Ellbogen hochgekrempelt waren.

Seine Obsidianaugen starrten mit einem strahlenden Blick in meine.

Seine großen Hände packten den Rahmen und die Tür, als er sich den Flur hinunter zu mir beugte.

Unser letztes und erstes Treffen war eine Woche zuvor bei einem Gangster- und Kabarett-Tanz gewesen.

Mein eigenes Terrain, meine eigenen Freunde, meine eigene Komfortzone.

Es war leicht gewesen, sich in ihre Reize zu verlieben, so wie sie mich umarmte, als wir langsam tanzten.

Die Art, wie er meinen Filzhut auf den Parkplatz kippte, bevor er mich sanft küsste und seine Finger kaum meine Wange berührten.

Die Art, wie er mir ins Ohr geflüstert hatte, dass meine Entscheidung, Gangster anzuziehen, ihn angemacht hatte.

Meine Knie gaben nach, als er sich gegen meine Hüfte drückte und seine Erregung zeigte.

Ich brauchte meine ganze Kraft, um die nächsten sieben Tage, besonders bei der Arbeit, aus mir herauszukommen.

Unsere nächtlichen Chats am Telefon und im Internet haben nicht geholfen.

Warum hatte sie so große Angst?

Ich gönnte mir den Moment, in dem ich die ganze Zeit phantasiert hatte ...

"Debbie?" Er öffnete die Tür und trat jetzt mit gesenkten Mundwinkeln vollständig in den Flur. "Du bist gut?"

Ich lehnte mich gegen die Wand und hielt mir meine Abendtasche über die Schulter.

Es ist ein Fehler.

Ich hätte nicht kommen sollen.

Was habe ich gedacht

Warten Sie, ich habe nicht nachgedacht.

Mich ...

Seine Finger berührten meine Wange, als er mein Kinn hob.

"Okay. Hab keine Angst."

"Wer ich?" Meine Stimme klang zittrig und überhaupt nicht zuversichtlich, obwohl ich lächelte.

Sein Stirnrunzeln vertiefte sich.

Sorge und Enttäuschung zeigten sich in seinen dunklen Augen.

"Willst du das nicht tun?"

"Ja. Mir geht es gut."

Ich trat von der Wand zurück und marschierte auf die Höhle des Löwen zu.

Die Tür schlug hinter mir zu und ließ mich springen, als ich die Umgebung betrachtete.

Es war ein Standard-Hotelzimmer mit einem Whirlpool links, der Kleiderstange in einer Nische rechts und einer Suite mit offener Front, zwei Lampen und einer Digitaluhr auf kleinen Tischen, die das Einzelbett flankierten.

Ein Sofa, ein Tisch, zwei Stühle und eine niedrige Kommode mit einem darüber geschraubten Fernseher rundeten die Möbel ab.

Uncool.

Aber es war kein besonderer Anlass.

Nun, nicht eines, für das Sie ein Luxushotelzimmer mieten würden, wie für eine Hochzeitsreise.

Ein leises Schnauben entging meinem letzten Gedanken.

Nein, nichts Wichtiges.

Ich zog an meinem Arm und blinzelte.

Meine Augen hoben sich, um seine zu treffen, und sein sanftes Lächeln lockerte die Spannung ein wenig.

"Lass mich deine Tasche nehmen."

Ich ließ meinen Griff um den Riemen los und sah zu, wie er die Reisetasche auf die Kommode unter dem beleuchteten, aber leisen Fernsehbildschirm legte.

Er drückte einen Knopf auf der Fernbedienung und der Bildschirm wurde schwarz.

Jetzt waren es wirklich nur wir zwei.

Die kleinen Geräusche schienen jetzt verstärkt zu sein.

Das leise Zischen der Klimaanlage.

Das Summen des Lichts über unseren Köpfen.

Das Geräusch von Eis in der Maschine direkt vor dem Raum.

Das Gurgeln von Wasser im Eckwhirlpool neben dem Bett.

Nun, vielleicht ist dies doch kein so normales Hotelzimmer.

Mein Herz schlug in meinen Ohren.

Ich versuchte, gleichmäßig zu atmen und mich auf die ganze Situation zu konzentrieren.

In dem, was er tat.

Warum er es tat.

Ein leises Stöhnen entkam mir, als ich an das mögliche Endergebnis dachte und etwas in meinem Bauch zusammengepresst war.

"Debbie? Setz dich."

Er nahm meine Hand und führte mich zum Bett.

Meine Haut kribbelte vor Kontakt.

Meine Knie gaben automatisch nach und dann ruhte ich mich auf der Kante aus.

Meine geringe Statur machte es mir schwer, mich aufzusetzen und trotzdem den Teppich berühren zu können.

"Du siehst hübsch aus heute Nacht."

Ich blinzelte erneut und neigte meinen Kopf zu ihm.

Niemand hatte mich jemals als schön bezeichnet, außer meine Eltern.

Ihre Augen richteten sich auf das Kleid, das sie heute Abend für den Tanz ausgewählt hatte, einen roten Seidenrock mit Rosendruck und ein schwarzes ärmelloses Oberteil mit weitem Ausschnitt.

Es war einer meiner Favoriten, vor allem, weil ich mich trotz meines kleinen Körpers schön fühlte.

Ein Lächeln zog meine Lippen an, froh, dass es ihm auch gefallen hätte.

"Es tut mir leid. Ich bin nur ein bisschen ..."

"Es ist in Ordnung, ich verstehe es". Er saß neben mir und hielt immer noch meine Hand.

Für einige Minuten war das einzige Geräusch, das wir machten, unser Atmen, sein normales, meins war versetzt.

Wie kannst du so ruhig sein?

Ich hielt meinen Blick auf meinem Schoß und schluckte schwer, als ich auf seinen Schoß ging ... Ich sah die leichte Ausbuchtung dort.

Von Zeit zu Zeit drückte er meine Hand.

Schließlich, als ich mich ruhig fühlte, hob ich meinen Blick zu seinem Gesicht.

Er sah mich an.

Die Mundwinkel waren jetzt aufgedreht.

"Ich werde dich küssen, okay?"

Als Antwort neigte ich mein Kinn, und dann umfasste seine Hand meinen Kiefer und zog mich näher.

Meine Augen schlossen sich, als seine warmen Lippen meine berührten.

Sie berührten sich zuerst leicht und dann drückten sie mich stärker.

Ich drückte seine Hand, saugte Luft ein und kleine Überraschungsschreie erreichten meine Ohren.

Seine Hand glitt zu meinem Hinterkopf, seine Finger waren in meinen Haarsträhnen vergraben.

Als seine Zunge meinen Mund zog, zuckte ich zusammen.

Als er sich auf meine Unterlippe biss, schnappte ich nach Luft.

Und als seine Zunge hinein glitt und meine Zunge schüttelte, stöhnte ich.

Harry hielt meinen Mund weiter mit seinem, bis unsere Zungen tanzten und sich gegenseitig genossen und mein Stöhnen häufiger wurde.

Er zog seine Hand aus meiner und ließ den Clip los, der meine kastanienbraunen Wellen hielt.

Die sanften Wellen liefen über meine Schultern und flüsterten gegen meine Ohren und Wangen, bevor ich sie wegschob, damit ich meinen Kopf fester halten konnte.

Meine Hand fand seinen Oberschenkel und drückte, was ein Stöhnen von ihm auslöste.

Unsere Körper drehten sich gegeneinander und die Nerven ließen nach, als er mir half, auf die Decke zu rutschen.

Als ich mich gegen die Kissen lehnte, seufzte ich und Vorfreude ersetzte die Angst in meinen angespannten Muskeln.

Seine Finger streichelten meine Wangen, meine Stirn und meinen Hals und wirbelten durch meine Zöpfe, als er seinen Mund gegen meinen bewegte.

Er war sanft aber fest.

Kontrolle, aber auch nicht in Eile.

Meine Finger hoben sich, um die Konturen ihres Halses durch die leichten Stoppeln an ihrem Kiefer zu ihrem welligen Haar zu verfolgen, das ihren Kopf stützte.

Als seine Finger über den breiten Riemen meines Oberteils zu meiner Schulter glitten und meinen nackten Arm berührten, hielt ich den Atem in meinem Mund an.

Sogar durch ihr Kleid und ihren BH konnte sie die Wärme ihrer Berührung spüren.

Ich sehnte mich danach, dass er meine Brust nahm, um den Druck, den ich seit unserer Begegnung empfunden hatte, etwas zu lindern.

Es war so nah, aber es schien diesen Bereich absichtlich zu meiden.

"Du schmeckst so gut." Sein Mund bedeckte meinen noch einmal, bevor er sich zu meinem Kinn, Kiefer und hinter meinem Ohr bewegte, bevor er sich in die Krümmung meines Halses setzte.

Seine Nase streichelte mich, seine Zunge leckte mein Fleisch.

Ich holte tief Luft und ließ die Luft langsam mit einem Stöhnen los.

"Du riechst unglaublich."

Ich wimmerte und meine Haut kribbelte, als er sie verwüstete.

"Bitte hör nicht auf. Mmm."

"Ich habe nicht die Absicht, es zu tun." Seine Stimme klang gedämpft, als er sanft saugte, knabberte und dann mit den daraus resultierenden scharfen Schmerzen leckte.

Ich packte seine Arme und verankerte mich an ihm.

Sein warmer Körper drückte sich gegen meine Seite und entzündete Funken unter meiner Haut.

Ich wollte es auf mich legen, aber ich hatte einfach nicht die Energie.

Oder den Mut, die Initiative zu ergreifen.

Sein Mund landete Schmetterlingsküsse auf meiner Schulter und in meinem Hals.

Als er ging, öffnete ich meine Augen.

Seine Augen waren fixiert, aber nicht auf mein Gesicht.

Ich setzte seinen Weg fort und schnappte nach Luft, als ich das Objekt seiner Konzentration sah: das schnelle Auf und Ab meiner Brüste, die gegen die Grenzen des Ausschnitts des Kleides drückten.

Mein Blick kehrte gerade rechtzeitig zu seinem Gesicht zurück, um zu sehen, wie er seine Lippen leckte.

"Wenn du willst, dass ich aufhöre, wäre jetzt die Zeit ..."

"Nein nein Nein". Ich kniff die Augen zusammen und ein Schauer durchlief mich bei dem Gedanken, dass alles so schnell enden könnte.

Ein leises Lachen war seine einzige Antwort, und dann berührten seine Lippen wieder meine Kehle.

Langsam und methodisch bedeckten sie jeden Zentimeter der Haut.

Manchmal schoss seine Zunge heraus und ließ mich zittern.

Ich hielt mehrmals den Atem an, als er sich tiefer bewegte.

Als seine Lippen die Schwellung meiner Brust streichelten, packte ich meinen Rock und mein Körper krümmte sich von selbst zu ihm.

Die flache Zunge streichelte den Aufstieg über den Saum meines schwarzen Satin-BHs, und das Gefühl nasser Hitze verbrannte mich.

Er bewegte sich, legte einen Arm auf meinen Bauch und drehte seinen Kopf.

Meine Nase steckte in ihren Haaren.

Es roch ein wenig nach frischer Lotion nach dem Waschen und ich atmete seufzend aus.

Meine Konzentration verlagerte sich, als ich spürte, wie sein Finger die Kurve meiner Spaltung hinaufkroch und in den Raum zwischen meinen Brüsten eintauchte, bevor er unter die Kante des BHs rutschte.

Seine Zunge folgte ihm und ein Stöhnen stieg aus meinem Rachen.

Meine Brustwarzen waren so hart, dass sie weh taten.

Wenn er nur ...

Mein Körper drehte sich und drängte ihn, etwas tiefer zu gehen, wo ich ihn haben wollte.

Wo ich es brauchte.

Als ich meine Hand bewegte und buchstäblich versuchte, die Dinge selbst in die Hand zu nehmen, um den Schmerz zu lindern, bewegte er sich erneut, packte meinen Arm und hob ihn über meinen Kopf.

Er stand hoch genug auf, um meinen linken Arm unter ihm zu befreien und verband ihn mit meinem rechten Arm.

Er hielt beide Handgelenke mit der rechten Hand fest, senkte seinen Mund wieder auf meine Brust und verehrte weiterhin meine jetzt brennende Haut.

"Bitte ... oh bitte Harry ...", murmelte ich an dem Stöhnen vorbei, das er von mir zog.

"Was willst du, Deb?" Sein Atem ging durch die BH-Barriere und ließ es noch mehr weh tun. "Sagen Sie mir, was Sie wollen."

"Oh ..." Meine Gedanken waren verschwommen und ich war plötzlich wieder verlegen.

Warum kannst du nicht einfach verstehen, was ich von dir verlange?

"Das könnte sein?" Seine Finger streiften den unteren Teil meiner Brust durch das Kleid und ich stöhnte. "Ja, ich denke das ist was du willst."

Er neckte ihn erneut und schließlich umfasste seine Hand meine Brust und drückte sie sanft.

Sein Daumen streifte die Brustwarze.

Sogar durch das Material des BHs sandte es Stoßwellen durch meinen ganzen Körper.

"Oh Gott!"

Meine Augen öffneten sich und ich hielt den Atem an, starrte an die Decke, sah aber nichts und schwelgte in der Tatsache, dass er mich endlich dort berührt hatte, wo ich ihn brauchte.

Ich schnappte nach Luft, als er seine Hand nach oben bewegte und einen Finger unter die Kante meines BHs schob und ihn immer wieder direkt über meine Brustwarze fegte.

Hitze strömte und sammelte sich zwischen meinen Beinen.

Die Welt beruhigte sich.

Seine Lippen berührten mein Ohr, sein Atem brannte und ließ mich immer noch zittern.

Mein Atem stockte, als seine Hand tiefer in meinen BH glitt, um mich vollständig zu berühren.

Ich fühlte seine Haut ein wenig rau, als er meine Brust knetete und meine Brustwarze zwischen seinem Daumen und seinen anderen Fingern rollte.

Ich drehte mich zu ihm um und mein Mund suchte nach seinem.

Er stöhnte, presste seine Lippen auf meine und drückte mich wieder auf meinen Rücken.

Ich bewegte mich unter ihm und wiederholte sein Stöhnen, als seine Zunge meinen Mund fegte und mit meiner Zunge spielte.

Er drückte noch einmal meine Brust und zog dann seine Hand zurück.

Er ließ mein linkes Handgelenk los, legte seine Hand über meine Schulter und zog sowohl den Riemen meines Kleides als auch meinen BH über meinen Arm.

Die kalte Luft streifte meine jetzt nackte Brust.

Meine Brustwarze zog sich schmerzhaft zusammen.

Ich war außer Atem und zitterte, als seine Finger über meinen Arm glitten und ihn langsam wieder über meinen Kopf hoben.

Als ich spürte, wie er etwas um mein Handgelenk band, schüttelte ich mich automatisch.

"Harry?"

"Ja, Debbie?" Er kam herunter, küsste meinen Arm und auf meine Brust und saugte meine Brustwarze in seinen Mund.

"Oh!" Ich vergaß, was ich ihn fragen würde, meine Nerven klärten sich mit dieser einfachen Handlung und ich wölbte mich gegen ihn.

Er gluckste und neckte meine Brustwarze mit seiner Zunge, als er auf mich kletterte und mein anderes Handgelenk losließ.

Als er meine rechte Brust entdeckte, bewegte er seinen Mund zu dieser Seite, als er diese Hand wieder auf meinen Kopf legte.

Ich versuchte zu schlucken und sah zu, wie er mein rechtes Handgelenk band.

"Du bist so sexy". Ihre Augen waren hell, als sie neben mir saß und meine nackte Brust, mein Kleid und meinen BH direkt unter meiner Brust betrachtete.

Ich zog sanft an meinen Handgelenken und schluckte die Spannung.

Es gab genug Spielraum für meine Arme, um sich gegen die Kissen zu entspannen, aber nicht genug, um mich losbinden zu können, wenn ich wollte.

"Ich hätte nicht gedacht, dass du dich erinnern würdest."

Was war mit meiner Stimme passiert?

Es klang sehr heiser.

"Oh, ich erinnere mich. Ich erinnere mich an alles."

Dieses faule Lächeln, dieser tiefe Ton, dieser plötzliche dunkle Ausdruck in seinen Augen ließen mein Herz höher schlagen.

Meine Gedanken rasten, um mich an alles zu erinnern, was wir besprochen hatten ... und ich fragte mich, ob ich vergessen hatte, etwas zu erwähnen.

Aber ich verlor die Konzentration, als er unter meinen Rücken griff, die Verschlüsse an meinem BH löste und mein Kleid öffnete.

Ich hielt meine Augen auf ihn gerichtet und sah offensichtliche Faszination in seinen Augen, als er mein Kleid schüttelte und immer mehr von meinem nackten Körper enthüllte.

Sie hielt den Atem an, als sie mein schwarzes Satinhöschen enthüllte.

Ich ging zu ihm hinüber und er blieb stehen, packte meine Hüften und fuhr mit seinen Daumen über meine bedeckte Haut.

Als ich meine Nacktheit wieder aufnahm, strich der Satin meines Rocks über meine nackten Beine und warf das Kleid beiseite.

Seine Finger glitten über meine Waden, bis zu meinen Knien und dann wieder nach unten, um meine Fersen zu öffnen und zu entfernen.

Ich hatte eine plötzliche Welle der Wut.

Ich fuhr langsam mit der Zungenspitze über meine Oberlippe und bewegte meine Hüften.

"Also gefällt dir was du siehst?"

Seine Augen schossen zu meinen hoch und ich schwöre, ich habe einen Feuerblitz in ihnen gesehen.

Er sprach nicht, aber er schob seine Finger unter den Saum meines Höschens und zog sie langsam herunter.

Ich schluckte und war mir bewusst, dass ich mir wirklich Sorgen machte, dass ihm gefallen könnte, was er sah.

Kalte Luft strich über mich und ich konnte nicht anders, als meine Schenkel zusammenzudrücken, stöhnte und wand mich, als er mich nur anstarrte.

Ein paar Mal hob er die Hand, als wollte er mich dort berühren, aber seine Hand kehrte auf seinen Schoß zurück.

Ich wünschte, ich könnte deine Gedanken lesen.

Er griff in seine Gesäßtasche, beugte sich dann zu mir und strich mit seinen Lippen über meine.

"Du bist gut?"

Ich holte ein paar Mal tief Luft und lächelte dann.

"Ja ich bin ok."

Seine Augen trafen meine und er lächelte zurück.

"Lügner."

Seine Hände bewegten sich über mein Gesicht.

Ein weiches Tuch bedeckte meine Augen, blockierte das Licht und befestigte das Gummiband über meinem Kopf.

Mein Atem stockte.

Ich konnte es nicht vermeiden.

Er hatte recht.

Ein Teil von mir machte sich Sorgen, dass ich zu tief gegangen war.

Ich hatte das gewollt.

Aber als meine Kontrolle weg war, kehrten meine Nerven zurück und ich hatte Angst.

Nicht unbedingt Harry, aber was er tun würde ... oder nicht.

Es schien dies schon einmal getan zu haben.

Was ist, wenn ich Ihren Erwartungen nicht gerecht werde?

KAPITEL III

Das brachte uns zurück zu mir im Bett liegend, völlig nackt, mit verbundenen Augen und Händen am Kopfteil gebunden.

Harry saß oder stand in einem anderen Teil des Raumes und hörte Wiederholungen von Recht und Ordnung.

Ich bezweifelte sehr, dass er fernsah.

Ich konnte seine Augen wirklich auf mich spüren.

Und es war nicht so unangenehm, wenn Sie wissen, dass jemand Sie ansieht und sich fragt, warum und sich dann nervös umschaut, um den Täter zu finden.

Stattdessen spürte ich, wie sich die Hitze in mir ausbreitete, froh, dass ich einen Blick wert war.

Einige Minuten vergingen, die Serie ging zu einem Werbespot, und im Hintergrund hörte ich das deutliche Klicken der Hotelzimmertür, die sich öffnete und schloss.

"Harry?"

Es gab keine Antwort.

Ich versuchte nicht in Panik zu geraten, konnte aber nicht anders, als an meinen Fesseln zu ziehen.

Ich habe sonst niemanden im Raum gehört, was gut war.

Aber dennoch...

Meine Gedanken gingen über mich hinweg, als ich hörte, wie sich die Tür wieder öffnete.

Ich hielt den Atem an, hörte das Klirren von Eis in einem Glas und das Zischen einer Getränkedose, die sich öffnete.

Die Hitze eines anderen Körpers streifte meine rechte Seite und das Bett sackte unter dem Gewicht von jemandem zusammen, der saß.

Ich schnappte nach Luft, als eine kalte Handfläche meine rechte Brustwarze streifte.

"Hast du mich vermisst?"

Ich stieß einen zerlumpten Seufzer aus und war erleichtert, Harrys Stimme zu hören.

"Sag mir etwas, wenn du das nächste Mal gehst!"

"Es tut mir leid. Ich wollte dich nicht erschrecken."

Seine Lippen berührten meine.

Ich roch den Schwanz in seinem Atem.

Unsere Zungen flirteten für einen Moment und dann lehnte er sich zurück.

"Sollen wir anfangen?"

Ich lächelte und entspannte mich gegen die Kissen.

Ich hörte ihn sein Glas abstellen, und dann fing er an, unter meinem Kopf zu stöbern und die Bettdecke und die Decken herunterzuziehen.

Meine Haut krabbelte und bekam Gänsehaut, als seine Hände meinen Körper berührten.

Ich half so viel ich konnte in meiner Position, indem ich meinen Körper anhob.

Als sie bereits alleine auf der kalten Bettdecke lag, verlagerte sich das Gewicht des Bettes wieder und der Fernseher verstummte.

"Sie können nichts sehen, oder?"

Ich beugte meinen Kopf nach vorne zu beiden Seiten und entspannte mich dann wieder.

"Nein, nichts."

"Dann genieße es. Und kein Wort."

Ich nickte und bewegte meine Handgelenke und Finger.

Ich wusste, dass er mich wieder ansah und Hitze zwischen meinen Beinen aufbaute.

Ich bewegte meine Hüften, wackelte mit den Zehen und rollte dann meine Knöchel.

Alles, was mich ablenkt.

Meine Lippen waren plötzlich trocken und ich leckte sie, schluckte und fand auch meinen Mund trocken.

Ich zwang mich, normal zu atmen und lauschte auf Hinweise darauf, was sie tun könnte.

Die Klimaanlage wurde ausgeschaltet, und dann hörte ich sie nur noch atmen.

Aber trotzdem hat es mich nicht berührt.

Nach einigen weiteren Minuten entspannten sich meine Muskeln und meine Beine öffneten sich leicht.

Sein Atem stockte und ich lächelte.

Ich fragte mich, ob er masturbierte, aber sicherlich hätte er einen Hinweis darauf gehört.

Ich wollte fragen, ob alles in Ordnung sei, als ich es fühlte.

Es war eine sehr leichte Berührung, direkt an meinen beiden Brustwarzen.

Ich stöhnte, als sie hart wurden.

Das Gefühl bewegte sich nach unten und folgte der Kurve unter meinen Brüsten und zu den Seiten.

Es war definitiv eine Feder, die Fülle streifte meine Haut wie die weichsten Fingerspitzen.

Es bewegte sich über meinen Bauch, umriss meine Rippen und umkreiste meinen Bauchnabel.

Meine Hüften zuckten, als die Spitze meine Leistengegend berührte, wo sich mein Bein mit meinem Körper verband.

Ich schauderte und gurrte.

Er wiederholte die Bewegung, bewegte sich über meine Hüfte und langsam wieder zurück und folgte der Linie meines Beckens.

Ich wand mich, als er den flachen Teil der Feder über meinen linken Oberschenkel fuhr.

Gänsehaut stieg wieder auf und ich spreizte meine Beine weiter und benutzte meine Füße, um Kraft gegen das Bett zu gewinnen und mich nach oben zu drücken.

Harry kicherte.

"Geduld, Deb."

Aber er schob die Feder an der Innenseite meines Oberschenkels unter mein Knie und meine Wade.

Ich lachte, als er meinen Fuß kitzelte.

Es wurde geändert, um auf meiner rechten Seite zu arbeiten.

Ich konnte die Wärme seines Körpers fühlen, der sich über meine Beine beugte.

Die Feder zeichnete das gleiche Muster auf dem anderen Bein, aber zurück.

Von meinem Fuß bis zu meiner Wade, unter meinem Knie und über meinem Oberschenkel, durch mein Becken und meine Rippen.

Ich krümmte meinen Rücken und stöhnte leise, als meine Brustwarzen den hochgekrempelten Ärmel seines Hemdes berührten.

"Hey, betrüge nicht!"

Ich lächelte und leckte mir die Lippen, aber ich benahm mich und lehnte mich zurück.

Er zog sich zurück und ich fühlte, wie er sich über meinen Kopf bewegte.

Die Feder fuhr mit der Unterseite meines rechten Armes bis zu meinem Handgelenk und strich über meine Finger.

Er zeichnete Kreise auf meine offene Handfläche, bevor er sich wieder meinen Arm hinunterarbeitete.

Die Spitze fuhr über meine Schulter, mein Schlüsselbein und meinen Hals.

Ich lehnte meinen Kopf nach links gegen das Kissen und seufzte, als er Entwürfe an meinem Hals zeichnete und mein Ohr neckte.

Als er den Stift unter mein Kinn schob, legte ich meinen Kopf zur anderen Seite und seufzte erneut, als ich die gleichen Bewegungen über meinen Nacken, über meine Schulter und in meinen linken Arm und meine Hand wiederholte.

Ich bewegte meine Finger, der Stift rutschte zwischen ihnen hin und her.

Er stand auf und ließ meinen Körper betteln.

Meine Finger ballten sich und hallten von Verengungen tief in mir wider.

Ich leckte mir wieder die Lippen und fühlte, wie mein Herz pochte.

Zum Glück war es nicht lange vorbei.

Eine neue Sensation, ich schätze ein Seidenschal, der gleichzeitig gegen meine Fingerspitzen und beide Arme gestrichen wurde.

Es bedeckte mein Gesicht und glitt langsam über Nase und Mund, um meinen Hals zu bedecken.

Als er meine Brüste erreichte, bäumte ich mich auf und stöhnte.

Er rieb es hin und her über meine schmerzenden Brustwarzen.

Dann streichelte das Gewebe meinen Bauch und meine Hüften und streifte kurz mein Becken auf dem Weg zu meinen Schenkeln und Füßen.

Er wiederholte den Vorgang in umgekehrter Reihenfolge und achtete darauf, an den Stellen anzuhalten, an denen er vor Vergnügen stöhnte.

Und dann war das Taschentuch so schnell weg, wie es erschien.

Ich hörte Harry in einer Plastiktüte stöbern und dann lag er wieder neben mir auf dem Bett.

Es gab ein Klicken, das wie eine Plastikkappe klang.

Ich schnappte nach Luft, als etwas Kaltes meine linke Brust bedeckte.

Seine Zunge leckte meine Brustwarze, bevor er sie in seinen Mund saugte.

"Ohh!" Ich bog mich in ihn hinein und er gehorchte, indem er seine Zunge über meine Brust zog, seine Hand umfasste und drückte.

Als er anscheinend meine linke Brust leckte, legte er sich auf meine rechte Seite und wiederholte den Vorgang.

Ich konnte fühlen, wie die Hitze in mir pulsierte und darum bat, berührt zu werden, und ich wimmerte.

"Ich weiß, Deb. Ich weiß." Er drückte meine rechte Brust und streckte die Hand aus, um mich zu küssen, wobei er seine Zunge in meinen Mund tauchte. "Mmm."

Ich probierte Schokolade und stöhnte damit.

Er küsste mein Kinn und meinen Nacken und streichelte meine Schulter.

Ein kalter Schokoladenstrahl fiel auf meine Lippen und ich leckte hungrig.

Sein Finger drückte sich zwischen meine Lippen, und ich saugte ihn tief in meinen Mund und wischte ihn auch von Schokolade ab.

Dann kroch Kälte über mein Kinn und meinen Hals.

Es ging weiter durch die Spaltung zwischen meinen Brüsten und umkreiste meinen Nabel.

Seine Zunge und seine Lippen folgten langsam und ließen mich vor Aufregung zittern.

Die Matratzen quietschten, als er wegging, und dann hörte ich fließendes Wasser im Badezimmer.

Eine Minute später kam er zurück und fuhr langsam mit einem warmen Waschlappen über meinen Nacken, meine Brüste und meinen Bauch.

Die Temperaturänderung ließ mich nach Luft schnappen und mein Körper kräuselte sich.

Er lag wieder auf meiner linken Seite, seine Hand streckte sich über meinen Bauch.

Er massierte mich für einen Moment, sein Mund bedeckte meine linke Brustwarze, knabberte und saugte sanft.

Ich versuchte nach unten zu greifen, um mit meinen Fingern durch seine Haare zu fahren, aber meine Hände konnten ihn nicht erreichen und erinnerten mich daran, dass ich zurückhaltend war.

Ich klammerte mich stattdessen an die Luft und versuchte, meine Seite gegen ihn zu drücken.

Seine Hand glitt nach oben und umfasste meine Brust.

Ich weinte vor dem plötzlichen Biss eines Eiswürfels, der an meiner Brustwarze rieb.

Ich zog mich zurück, aber es gab keinen Ort, an den ich gehen konnte.

Kaltes Wasser tropfte über meine Brust, Eis kreiste langsam um meine Brustwarze.

Es tat weh, aber der plötzliche Schmerz wurde betäubend angenehm und ich spürte, wie die Hitze zwischen meinen Beinen wieder anstieg.

Ich wimmerte, versuchte mich jetzt zurückzuziehen und ballte meine Fäuste.

"Shh. Shh."

Seine freie Hand drückte sich wieder gegen meinen Bauch und drückte mich gegen das Bett, als er an meiner taub gewordenen Brustwarze saugte und am Wasser leckte.

Er zog sich zurück und ein warmes Handtuch bedeckte meine zitternde Brust.

Ich hätte bereit sein sollen, dass er sich auf meine rechte Brust bewegt, aber der Eiswürfel auf ihm überraschte mich immer noch.

Ich schrie und wieder stöhnte ich und zog mich zurück, ungeachtet seiner Versuche, mich zu beruhigen.

Der scharfe Schmerz kehrte zurück, drückte meine Brustwarze und betäubte die Haut um sie herum.

Als das Eis schmolz, leckte sein Mund und saugte das Wasser auf, und dann erwärmte das Handtuch meine Brust.

Mein Kopf war jetzt verschwommen.

Sie konnte nicht glauben, wie aufgeregt sie war, umso mehr seit der Eisbehandlung.

Ich fühlte mich ein wenig schuldig, dass ich den kurzen Schmerz genoss.

Das daraus resultierende Vergnügen war unglaublich.

Ich war froh, dass Harry meine Handgelenke gebunden hatte.

Sie war sich sicher, dass sie versucht hätte, ihn aufzuhalten, wenn sie die Chance gehabt hätte.

Wie lange sind wir überhaupt schon dabei?

Meine Gedanken kehrten in die Gegenwart zurück, als das Eis zwischen meine Brüste glitt.

Ich schrie und bog mich.

Harry packte meine Seiten in seinen Händen und drückte mich gegen ihn, als er das Eis mit seinem Mund in der Mitte meines Körpers auf und ab zog und meine Brüste seine Wangen berührten.

Ich spürte, wie sich das Wasserbecken in meinem Bauchnabel über meine Hüften ergoss.

Ich dachte nicht, dass mein Körper aufhören könnte zu zittern.

Als das Eis verschwand, ersetzte seine Zunge es und leckte meine Haut, die jetzt unter der kalten Schicht aus Eis und Wasser brutzelte.

Seine Hände bewegten sich, um meine Brüste zu berühren und drückten sie, als er den Ausschnitt in der Mitte streichelte.

Ich brauchte einen Moment, um zu erkennen, dass er zwischen meinen Beinen lag.

Sofort hob ich meine Knie an seine Hüften.

Er fühlte sich so gut an mich gekuschelt, wo er am meisten berührt werden musste.

Ich seufzte von der Hitze seiner harten Ausbuchtung, die durch seine Hose sichtbar wurde.

Sein tiefes Lachen vibrierte durch meine Brust.

"Okay. Ich habe die Idee."

Er ließ mich los und kroch von meinen Beinen weg.

Ich beschwerte mich über die plötzliche Abwesenheit, aber seine Hand auf meiner Hüfte beruhigte meinen verdrehten Körper.

Seine Finger arbeiteten sich zwischen meinen Locken und meiner heißen Haut hindurch.

Ich seufzte.

Meine Beine spreizten sich wieder.

Einer seiner Finger drückte gegen meinen glatten Schlitz und berührte kurz meinen Kitzler.

Ich gurrte und spreizte meine Beine weiter.

Er strich langsam mit seiner Handfläche über meine äußeren Lippen.

Hin und wieder machte er seinen Finger nass, zog ihn von einem Ende zum anderen und ließ mich nach Luft schnappen.

Seine Hand blieb stehen und umfasste meinen Hügel. Zwei Finger drückten und spannten geschwollene Lippen an.

Ich hielt den Atem an, als sein Daumen meinen Kitzler umkreiste.

Und dann rutschte ein Finger tiefer.

Er spielte damit und zeichnete den Rand meines eifrigen Lochs nach, bevor er sich bewegte, um die Wände meiner inneren Lippen zu bürsten.

Meine Hüften zuckten und versuchten ihn schon in mich zu zwingen.

Seine freie Hand drückte meine Hüften auf das Bett und dann streichelte er meine Muschi vollständig.

Der Handballen ruhte an meinem Beckenknochen, als seine ersten drei Finger das Tal hinuntergleiten und sich an meinen Kitzler kuscheln.

Und wieder.

Es war ein exquisites Gefühl, das ihn schließlich dazu brachte, mich zu berühren und den Druck, den ich fühlte, etwas zu lindern.

Meine Hände ballten sich, mein Körper krümmte sich und versuchte sich zu befreien.

Ich stöhnte und warf meinen Kopf zurück auf das Kissen, als er zwei dicke Finger in mich drückte und dann meine Brustwarze zwischen meine Zähne saugte.

Seine Hand beschleunigte sich und drückte fest und tief.

Die Spannung in meinem Bauch nahm zu und ich zog meine Schenkel schreiend um seine Hand.

Seine Hand blieb stehen, aber seine Finger bewegten sich weiter, immer noch zwischen meinen Beinen vergraben.

Er saugte an meiner Brust, als ich meinem ersten Höhepunkt entgegen ritt.

Als ich nach dem Abspritzen wieder zu Atem kam, zog er sich zurück.

Ich hörte ihn noch einmal die Tasche durchsuchen, und dann lag er zwischen meinen Beinen und spreizte meine Schenkel.

Mein Atem stockte wieder, als ich fühlte, wie sich etwas Cremiges und Kaltes über meine Muschi ausbreitete.

Ich zuckte zusammen und saugte an meiner Unterlippe, unfähig meine Hüften davon abzuhalten, sich in ihn zu wölben.

Seine Finger berührten die Innenseite meiner Schenkel, und dann drückte er einen Finger und schob ihn an meiner Muschi auf und ab.

Ich schluckte und holte tief Luft, nur damit er seinen Finger in meinen Mund schob.

Meine Lippen schlossen sich um seinen Finger.

Ich stöhnte über den Geschmack von Schlagsahne mit einem Hauch meiner eigenen Sexsäfte.

Als er an ihrem Finger saugte, streichelte er ihn hinein und heraus und ahmte nach, was er bereits zuvor unten getan hatte.

Es war nicht schwer daran zu denken, dass er das mit mehr als nur seinen Fingern tat.

Nur daran zu denken, dass er meine Muschi mit Schlagsahne bedeckt hatte, und höchstwahrscheinlich zu erraten, warum ich aufgrund der jüngsten Erfahrungen mit Schokolade nach Luft schnappte.

Er hatte schon öfter mit mir gespielt, als ich zählen konnte.

Und obwohl ich heute Abend schon viele neue Erfahrungen gemacht hatte, hätte ich mir nie vorstellen können, dass mich ein Junge dort unten leckt.

Ich fühlte, wie er auf dem Bett saß und mich nicht berührte.

Er knurrte lang und leise.

Es war das sexieste Geräusch, das ich je gehört hatte, und ich konnte nicht anders, als es zu wiederholen.

Die untere Schicht der Schlagsahne begann zu schmelzen und tropfte um meinen Kitzler.

Ich bewegte mich und stöhnte leise, als er mehr Schlagsahne zwischen meine Lippen drückte.

Ich hatte dort schon einmal Rasierschaum aufgetragen, als ich versuchte, meine Muschi zu rasieren, und das Gefühl war jetzt genauso erotisch, meine empfindliche Haut zu quetschen und zu streicheln.

"Wir werden ein bisschen kämpferisch, nicht wahr?"

Ich machte ein unverständliches Geräusch der Ungeduld, und er lachte.

Ich liebte sein Lachen genauso wie sein sexy Knurren.

Ich bemühte mich zu schlucken und liebte es, was er mir geistig und körperlich angetan hatte, trotz meiner zeitweiligen Frustration.

Harry fuhr mit seinen Fingern über meine linke Brust, entlang der schweren Kurve unten, über die sanfte Brandung oben und umriss den Warzenhof.

Er umfasste und massierte meine Brust.

Sein Daumen und Zeigefinger drückten meine Brustwarze.

Ich biss mir auf die Lippe, um nicht zu schreien.

Er rieb sanft den harten Klumpen von einer Seite zur anderen, drückte dann seine Handfläche dagegen und linderte den scharfen Schmerz.

Seine Hand glitt über den Ausschnitt in der Mitte und streifte meine rechte Brust.

Seine Finger berührten mich wieder, elektrisierten meine Haut und sandten neues Feuer zwischen meine Beine.

Als er meine Brustwarze drückte, rollte ich mich auf ihn zu und wollte, dass er meinen Mund wieder darauf legte.

"Sehr sensibel."

Sein Atem streifte meine Wange, seine Zunge lief über meinen Kiefer und dann erfüllte er meinen Wunsch.

Seine Lippen schlossen sich um meine Brustwarze und saugten sanft den scharfen Schmerz ein, den ich verursacht hatte.

Ich schaukelte hin und her und stöhnte.

Ich spürte, wie die Schlagsahne jetzt an meinen Schenkeln klebte, und fragte mich, ob ich es vergessen hatte.

Ich wollte nicht, dass er aufhörte, meine Brust zu lecken, aber plötzlich wollte ich ihn runter.

Ich wollte wissen, wie es sich anfühlte, wenn seine Zunge mich dort neckte, genau wie er meine Brustwarze neckte.

Wie es sich anfühlen würde, wenn seine Zungenspitze in mich drückt und seine Zähne meine glatte Haut beißen.

Er fuhr mit der flachen Zunge wieder über meine Brustwarze und rutschte dann über meinen Körper, küsste und knabberte und leckte jeden Zentimeter meiner Haut auf dem Weg.

Es dauerte nicht lange, bis er zwischen meinen Beinen lag.

Er küsste meine Hüften und fuhr dann mit seiner Zunge über die Verbindung zwischen meinen Beinen und meinem Becken.

Er fügte eine neue Schicht Schlagsahne hinzu und dann schlang er seine Arme unter meine Schenkel und teilte sich.

Ich stöhnte, mein Körper krampfte sich leicht zusammen.

Ich fühlte seinen heißen Atem gegen meine weichen Locken.

Ich weinte, als seine Zunge herauskam und meinen Kitzler berührte.

Ich spreizte meine Beine weiter und er hob meine nackte Muschi näher an seinen Mund.

Seine Zunge leckte mich wieder und ich stöhnte erleichtert.

Seine Finger massierten meine Schenkel, als er tiefer an meiner Muschi leckte.

Ich hörte das leise Geräusch ihrer Zunge, die die Mischung aus meiner Feuchtigkeit und der ausgebreiteten Creme überzog.

Seine Zunge war überall, ohne irgendwelche Spalten zu verpassen.

Es war ein langsamer und mühsamer Prozess, und ich betete, dass er nicht bald aufhörte.

Ich ließ mich gehen, meine Hüften zuckten unter seinem Mund.

Als er an meinem Kitzler saugte, schrie ich erneut.

Als er seine Zungenspitze gegen mich drückte, stöhnte ich.

Ich konnte nicht genug von ihm bekommen.

Und ich wollte ihn mehr denn je berühren.

Ich verfluchte meine Fesseln ... und sie erhöhten gleichzeitig immer noch die Erregungsstufe.

Ich hatte noch nie so viele Gefühle gleichzeitig in mir.

Ich kam ein zweites Mal, als sein Finger wieder in mich glitt.

Er streichelte mich durch meinen Orgasmus, sein Mund klammerte sich immer noch an meinen Kitzler, sein heißer Atem vermischte sich mit meiner eigenen Wärme und Nässe.

Ich kam gerade von meinem Höhepunkt herunter, als ich den Eiswürfel spürte und schrie.

Ich hatte ihn in mich hineingeschoben und kaltes Wasser lief zwischen meinen Pobacken.

Seine Finger drückten, hielten das Eis an Ort und Stelle und ließen meine Hitze es schmelzen.

Ich spürte, wie sich meine Muskeln um seine Finger spannten und er streichelte sie langsam ein und aus, gleichzeitig mit meinen Schreien.

Ein weiterer Eiswürfel kam hinzu, diesmal gegen meinen Kitzler.

Ich fiel in einen anderen Orgasmus, mein Kopf rollte zwischen meinen erhobenen Armen hin und her und fühlte, wie das Eis und seine Finger mich streichelten.

Sein Mund leckte wieder meine Muschi, als ich mich unter ihm windete.

Irgendwie gelang es meinen Fingern, das Kissen zu greifen.

Ich glaube, ich habe ein paar Flüche geschrien, weil Harry kicherte und etwas über mich sagte, wie "Du bist ein böses Mädchen", das Geräusch vibrierte auf meiner Haut.

Schließlich bot er mir etwas Erleichterung an, ging weg und ließ meine Beine auf das Bett sinken.

Ich keuchte mit engen Augen.

Mein Körper fühlte sich in Flammen an, als hätte nichts, was ich bisher getan hatte, es vollständig befriedigt, und dennoch fühlte ich mich erschöpft.

Sein Mund bedeckte meinen.

Es gelang mir, die Kraft zu finden, ihn zurück zu küssen, meinen eigenen süßen Moschus auf seinen Lippen zu schmecken und zu riechen.

KAPITEL IV

Ich muss eingeschlafen sein, denn mein nächster Gedanke war, mich zu fragen, warum ich mit dem Gesicht nach unten auf dem Bauch lag.

Meine Handgelenke waren immer noch über meinem Kopf an den Kopf des Bettes gebunden.

Ich hatte immer noch die Augen verbunden und war immer noch nackt, aber ich hatte mich umgedreht.

Ich seufzte und spürte, wie meine Brüste gegen das warme Laken drückten. Mein Gesicht war in ein Kissen eingebettet, das zwischen meinem Kopf und meinen Armen lag.

Er konnte jetzt die Holzlatten am Kopfteil erreichen.

Ich packte sie leicht und roch meinen Schweiß und mein Parfüm auf dem Kissen.

Ich wollte gerade Harry anrufen, als ich warme Flüssigkeit auf meinen Schulterblättern spürte und dann das Gefühl von Händen, die die Flüssigkeit auf meiner Haut verteilten.

Es roch nach Lavendel.

"Willkommen zurück, Deb. Du hast ein kleines Nickerchen gemacht." Er beugte sich vor und küsste meine Wange. "Ich habe die Situation ausgenutzt und dich neu positioniert. Geht es dir gut? Tun deine Arme weh?"

Ich lächelte und murmelte:

"Mir geht es nicht gut".

"Gut."

Er küsste mich erneut und begann dann meinen Rücken und meine Schultern zu massieren.

Seine Finger glitten aufgrund des Öls über die Haut.

Seine Hände drückten und zerrten sanft an meinen Muskeln und zogen Stöhnen und Seufzen tief in mir hervor.

Ich hatte schon mehrere Massagen gehabt, aber keine war so sinnlich gewesen.

Es hat mich mehr angemacht, als es die angesammelte Spannung wirklich linderte.

Seine Finger bewegten sich zu meiner Kopfbasis und massierten meine Kopfhaut und hinter meinen Ohren.

Ich atmete langsam und erinnerte mich, wo mich diese Finger sonst noch massiert hatten.

Als er mit meinem Nacken fertig war, hob er seine Arme an meine Hände.

Unsere Finger verschränkten sich und waren mit Öl befleckt.

Er drückte meine Hände und kam zurück zu meinem Rücken und meinen Seiten.

Ich zitterte, als seine Finger meine Brüste berührten und das Öl um meine Brust rieben, wo seine Finger erreichen konnten.

Ich stöhnte jetzt, fühlte das Gewicht seines Körpers zwischen meinen Beinen und drückte mich gegen meinen Arsch.

Ich zuckte zusammen, als ich spürte, wie sich seine Ausbuchtung verhärtete, aber er trat zurück und arbeitete jetzt an meinen Beinen.

Ich wimmerte und vergrub mein Gesicht im Kissen, um das Geräusch zu dämpfen.

Er beendete meine Füße und glitt langsam mit seinen Händen über meinen Hintern, über meinen Hintern und drückte sich entlang meiner Taille, Hüften und Seiten.

Seine Finger berührten wieder die Seiten meiner Brüste, und dann legte er sich auf mich, seinen Mund gegen meinen Hals.

Er strich meine Haare beiseite und knabberte an meinem rechten Ohrläppchen, was mich zum Stöhnen brachte.

Ich seufzte und bewegte meinen Arsch gegen ihn, fühlte, wie seine Härte im Gegenzug pochte.

Sie wollte nicht betteln und hatte zugestimmt, nichts zu sagen, aber sie war heiß und fühlte sich trotz der Massage unwohl.

Er brauchte mehr.

"Harry?" Ich wimmerte und bog mich wieder auf.

"Ja, Debbie?"

Es klang nach Spaß.

Als ob ich darauf warten würde.

Er drückte sich gegen mich.

Ich knurrte.

"Bitte?"

Er leckte meinen Hals.

"Bitte das?"

"Bitte..."

"Hmm?" Er stand auf, ich hörte das Rascheln seiner Kleidung und setzte mich dann neben mich, seinen nackten Oberschenkel an meine Schulter.

Seine Hand streichelte meinen unteren Rücken und streichelte meinen Arsch.

"Was willst du, Deb?"

Ich konnte keinen Moment atmen, weil ich wusste, dass sein Schwanz da war.

Ich wimmerte und biss mir dann auf die Unterlippe.

"Lass mich sehen."

Er nahm die Augenbinde ab und ich musste mehrmals blinken, um mich an das Licht anzupassen.

Ich bemerkte seine nackte Schulter und eine Tätowierung aus Stacheldraht, die seinen linken Bizeps umkreiste.

Meine Augen bewegten sich nach unten und ich fühlte, wie sich etwas tief in mir vor Verlangen drehte, als ich seinen Schwanz sah, hart und dick auf ihrem Oberschenkel.

Er zeigte direkt auf mich, sein Kopf leuchtend rot.

Ich hielt den Atem an, drehte mein Gesicht zum Kissen und griff wieder nach den Latten auf dem Kopfteil.

"Das ist es?" Seine Hand bewegte sich tiefer und streichelte die Innenseite meiner Schenkel.

Ich wand mich stöhnend.

"Nicht."

"Was willst du mehr, Deb?" Seine Stimme war weicher und heiser.

Ich zwang mich zu schlucken und schloss die Augen.

"Du. Ich will dich. Bitte."

"Damit?" Seine Finger glitten durch meine Nässe und rieben sich an meinem Kitzler.

Ich schnappte nach Luft und meine Augen öffneten sich.

Irgendwie fand ich meine Stimme wieder.

"Ich will mehr."

Er streichelte mich langsam.

Seine Finger gruben sich in mich.

"Damit?"

"Ich will mehr."

Ich bemühte mich, meine Knie unter mich zu bekommen, spreizte meine Beine weiter und fühlte ihn tiefer.

"Wie wäre es damit?" Seine Stimme war ein heißes Flüstern in meinem Ohr.

Ich wimmerte, als ich spürte, wie er seinen Schwanz gegen mich drückte und ihn zwischen meinen äußeren Lippen hin und her streichelte.

"Oh bitte ja!"

"Was soll ich als nächstes tun, Deb?"

Meine Zunge erstarrte.

Ich dachte nur an schmutzige Dinge in meinem Kopf.

Ich hätte nie gedacht, solche Worte laut auszusprechen.

Bis jetzt.

Aber er konnte sie nicht sagen.

Ich konnte einfach nicht ...

Er beugte sich über meinen Rücken, sein Schwanz ruhte zwischen meinem Gesäß und flüsterte mir ins Ohr:

"Soll ich dich ficken, Debbie? Soll ich es wirklich langsam machen?"

Ich würgte und nickte dann so wütend, dass mein Nacken vor Anstrengung schmerzte.

Er kicherte, setzte sich wieder und packte meine linke Hüfte mit seiner starken Hand.

Ich fühlte, wie er seinen Schwanz bewegte, bis er zwischen meinen äußeren Lippen ruhte.

Der Druck nahm zu.

Mein ganzer Körper spannte sich an.

Sie hatte viele Male mit Spielzeug gespielt, also war sie an die Größe seines Schwanzes gewöhnt.

Aber ich hatte mir nur vorgestellt, wie es wäre, sie wirklich in mir zu fühlen.

Obwohl ich erregt und erweitert war, machte ich mir immer noch Sorgen um die Schmerzen.

Er schob meine Knie in seine und sie glitten weiter in die Laken.

Er drückte erneut und diesmal trat er ein.

Ich würgte erneut, vergrub mein Gesicht in dem Kissen und tat so, als wären es seine Finger anstelle seines Schwanzes, damit ich mich entspannen konnte.

Und genau wie versprochen, sehr langsam, Zoll für Zoll, trat er in meine heiße, feuchte Muschi ein.

Ich konnte das Gefühl nicht glauben.

Es gab keine Schmerzen.

Stattdessen gab es eine starke, pochende Hitze.

Und Vergnügen.

Oh was für ein Vergnügen!

Ich dachte, es würde niemals aufhören, und dann tat es das, und wir standen beide sehr still.

"Geht es dir gut, Deb?"

Eine Hand hielt immer noch meine Hüfte

Der andere streichelte meinen Rücken.

Ich konnte "Ja" sagen.

Er konnte sich nur unsere erotische Szene vorstellen: Ich auf allen vieren, meine Handgelenke ans Bett gebunden, mein Hintern zu ihm gehoben.

Er kniete sich hinter mich, sein Schwanz tief in mir vergraben, seine Hände in meinen Hüften.

Das Zittern durchlief mich.

Ich hatte mir nie vorgestellt, unterwürfig zu sein ... bis heute Abend.

Er begann sich zurückzuziehen.

Er ging langsam, ein wenig draußen, wieder drinnen; Er ging den ganzen Weg zurück, bis er rutschte, so dass nur der Kopf seines Mitglieds drinnen blieb.

Es war eine beeindruckende Erfahrung, und ich konnte nur ein wenig nach Luft schnappen, als sie sich bewegte.

Seine beiden Hände packten jetzt meine Hüften und er fickte mich langsam hinein und heraus und wiegte meinen Körper gegen ihn hin und her.

Er geriet in einen Rhythmus, und ich bewegte mich aus freien Stücken auf die gleiche Weise.

Als er den ganzen Weg nach unten drückte, für einen extra tiefen Stoß innehielt und seine Eier gegen meinen Arsch vergrub, stöhnte ich lauter.

Ich verlor den Überblick über die Zeit und genoss nur die Empfindungen:

Seine Hände auf meinem Körper.

Sein Schwanz in mir.

Das dumpfe Geräusch von ihm rutschte in meine Muschi.

Mein Herz schlug in meinem Kopf.

Unser schweres Atmen.

Ich weiß nicht, ob er etwas gesagt hat, aber ich war so konzentriert auf den wachsenden Druck in mir, dass ich nicht glaube, dass ich ihn gehört hätte, wenn er es getan hätte.

Er hatte seine Geschwindigkeit nicht immer erhöht.

So wurde die ganze Erfahrung intensiviert, die Freude gewonnen.

Er bewegte sich leicht, möglicherweise um den Druck auf seine Knie zu verringern.

Es war egal, warum er es tat, aber er ging auch hinein und ich schrie, als mir klar wurde, dass er meinen G-Punkt getroffen hatte.

Er machte eine Pause auf seinem Rückzug.

"Debbie? Habe ich dich verletzt? Bist du okay?"

"Dort!" War alles was ich sagen konnte, mein Atem stockte in meiner Kehle und drängte ihn schweigend weiterzumachen.

Ich packte die Latten am Kopfteil und versuchte gegen ihn zu drücken, aber seine Hände hielten mich auf.

Er schob sich vor und ich schrie, als er ihn erneut schlug.

"Dort!"

"Ah. Verstanden, Deb. Verstanden."

Und er tat es.

Immer wieder schlüpfte er tief in diesen perfekten Ort.

Die Kante kam näher und näher.

Und dann drehte ich mich um und schrie den ganzen Weg.

Ich sackte gegen das Bett zurück, aber er streichelte weiter und flüsterte ermutigende Worte.

Er verstand kaum, was er sagte, aber seine tiefe Stimme war beruhigend.

Ich fühlte, wie seine Hände mich fester drückten.

Seine Hüften schlugen in meinen Arsch, eine heiße Strömung drang tief in mich ein, ich weinte mit ihm und dann waren wir still.

Überraschenderweise streichelte er mich wieder so langsam wie zuvor und ich bekam einen weiteren Orgasmus.

Als ich unter ihm zitterte, griff Harry über mich und löste meine Handgelenke.

Ich bin seitwärts gefallen.

Er zog mich zurück an seine Brust, immer noch in mir.

Tränen traten mir in die Augen, als eine seiner Hände meine Brust bedeckte und mich streichelte.

Seine andere Hand fiel auf meinen Hügel, seine Finger glitten zwischen meine Schenkel, um meinen Kitzler zu reiben.

Und ich kam zum fünften Mal.

Irgendwann zog ich seine Hände weg.

Ich fühlte, wie sein Schwanz aus mir herausrutschte und sich gegen mein Bein lehnte.

Er breitete Küsse auf meinem Schulterblatt aus und hielt mich in der Löffelposition gegen ihn.

Als ich zur Realität zurückkehrte und zu Atem kam, drehte ich mich um und sah ihn an.

Seine Arme schlangen sich um mich und zogen mich näher.

"Wir haben den Whirlpool nicht benutzt", murmelte ich gegen seine Schulter.

"Was, nicht genug Vergnügen für eine Nacht?" Er gluckste und drückte seine Lippen auf meine Stirn und strich mir die Haare hinter das Ohr. "Check-out ist erst morgen mittag. Wir haben also viel Zeit."

Ich lehnte meinen Kopf zurück, damit ich in seine dunklen Augen schauen konnte.

Sie wirkten schwer und schläfrig wie meine.

Es gelang mir, mein Gähnen mit einem Lächeln zu verbergen.

"Gut, weil mir meine Rache fehlt und ich eine Schlampe bin."

ENDE

49

SUSAN DOMINIEREN. DER NEUE JOB (EROTISCHE DOMINATION) VON ERIKA SANDERS

VORWORT

Robert ist ein reifer, erfolgreicher Geschäftsmann, verheiratet und hat einen Sohn im gleichen Alter wie Susan.

Ihre Familien sind seit vielen Jahren enge Freunde und er hatte beobachtet, wie sie zu einer schönen jungen Frau heranwuchs.

Er hatte dem Mädchen gegenüber immer eine offene Freundschaft gezeigt und sie im Laufe der Jahre auf seine Vorliebe für sie aufmerksam gemacht.

Insgeheim verbargen seine freundschaftliche Beziehung und seine Zuneigung zu dem Mädchen seine vielen dunklen Wünsche, ohne die Chance zu haben, sie wahr werden zu lassen.

Ihre völlige Unterwerfung unter ihn war der einzige Traum in ihren dunkelsten Gedanken, und einer, den sie sich wünschte, würde wahr werden.

Susan ist ein Mädchen, das gerade seinen Abschluss gemacht hat, einen Abschluss in Betriebswirtschaft hat und die Welt unbedingt erleben möchte.

Kurz vor dem Beginn seines ersten richtigen Jobs, einer Stelle, die Robert, ein Freund der Familie, aus Respekt vor seinem Vater und Anerkennung seiner Fähigkeiten angeboten hat.

Aber auch, ohne dass sie es wusste, angeheizt von seinem Wunsch, sie zu besitzen.

Sie ist ein nettes, sinnliches, aber süßes Mädchen, das seit ihrem ersten Studienjahr denselben Freund hat, Peter.

Sie sind Abenteurer, aber sie stören niemals ihre Welt.

Sie weiß, was sie will oder glaubt zu wissen, aber sie ist wirklich sehr gehorsam darin, sich von anderen durch die Wege ihres Lebens führen zu lassen.

DER NEUE JOB

Er steht vor dem Gebäude und starrt auf die Glas- und Stahlfassade.

Beobachten Sie alle gepflegten und eiligen Männer und Frauen, die den Eingang betreten und verlassen.

Sie schaut auf ihren eigenen kurzen Rockanzug, nimmt ihr Tempo auf und tritt ein.

Sie fühlt sich klein und ein bisschen eingeschüchtert von Männern, die über ihren sechs Fuß fünf ragen, als sie in den Aufzug steigt und das Geschäft ihres neuen Arbeitgebers betritt.

Als sie sich umschaut, sieht sie ihn an der Rezeption mit einer bombenschalenblonden Frau sprechen und kokett kichern. Sein Lächeln leuchtet auf seinem Gesicht, als er sich zu ihr umdreht.

Sie errötet, ohne zu wissen warum und geht mit ihren Absätzen auf den Fliesenboden zu.

Sein Arm umgibt ihre Schultern schützend, als er sie dem Mädchen am Schreibtisch vorstellt.

"Anne, das ist meine kleine Susy!"

Sie errötet, richtet sich dann auf und streckt ihre Hand aus.

"Hallo, eigentlich heiße ich Susan, schön dich kennenzulernen."

Er leitet sie mit seiner ständigen Hand auf ihrer Schulter zu verschiedenen Abteilungen und anderen Führungskräften.

Er stellt sie als Susan vor, für die sie dankbar ist und die ihre besten Wege in dieser Welt großer Rivalität einschlagen will.

Sie bleibt den ganzen Morgen in seiner Nähe und versucht, sich eine Vielzahl von Namen zu merken, bevor er sie schließlich zu seiner Bürosuite führt.

Er zeigt ihr den Schreibtisch im Vorraum, der ihm die meiste Zeit hier sein wird.

Sie steckt ihre Handtasche weg und fährt mit den Fingern sanft über die ausgewählten Möbel.

Sie wird in sein Büro geführt, wo er auf die opulenten dunklen Möbel zeigt, alles aus Leder und Mahagoni.

"Und hier arbeite ich."

Er verlässt ihre Seite zum ersten Mal und setzt sich an seinen Schreibtisch.

Sie fühlt sich seltsam einsam in diesem großen Büro vor ihm.

Er nimmt einige Schlüssel und spricht weiter:

"Auf der linken Seite, hinter dem Aufenthaltsraum, befindet sich eine Tür zu einer kleinen Küche. Dies unterhält häufig Kunden. Der Bar-Kühlschrank sollte immer mit dem gefüllt sein, was auf der Liste steht, und es gibt auch eine Speisekarte Sie müssen lernen, alle Gerichte zu kochen, falls der Koch nicht verfügbar ist. Ich werde es in Ihr Trainingsprogramm aufnehmen."

Er war schnell hinter ihr hergegangen und hatte sie zur Tür geschoben und geöffnet.

Mit großen Augen und voller Ehrfurcht vor der Größe des Unternehmens und den Büros, die es besaß, kann sie nur dumm nicken.

"Das wird so sein."

"Ja, Sir", sagt er mit einem Lächeln, aber die Strenge seiner Stimme erschüttert sie.

"Jawohl". Sie antwortet automatisch.

Er nimmt sie am Arm, verlässt die Küche und führt sie in ein anderes Schlafzimmer mit der Tür an derselben Wand.

"Und das ist mein privates Badezimmer, du kannst es benutzen, aber nur mit meiner Erlaubnis, verstehst du Susy?"

Sie nickt wieder wortlos über die Opulenz dieses Badezimmers und erholt sich, als sie spürt, wie er sich versteift und plappert:

"Jawohl".

Er lächelt über ihren Gehorsam.

"Sie werden die Toilette des Angestellten im Flur benutzen, wenn Sie Bedürfnisse haben und ich nicht hier bin."

Sie ist diesmal schneller.

"Jawohl".

Auf der anderen Seite des Raumes zwei ähnliche Schlafzimmer mit Türen, die er Ihnen zeigt.

"Dies ist ein privater Besprechungsraum", sie blickt schnell, als er sie wegstürzt, "... und hier ruhe ich mich aus, wenn ich die Nacht in der Stadt verbringen muss."

Der Raum war dunkel und ein großes Himmelbett und seltsame Bänke ragten in dem großen Raum auf.

Er hatte kaum Zeit, es zu fühlen, bevor er die Tür schloss.

Er bringt sie zurück zu seinem Schreibtisch, schaltet den Computer ein und zeigt ihren persönlichen Nachrichtendienst von seinem Büro zu seinem Computer, der immer eingeschaltet und geöffnet sein sollte.

Er ist zufrieden mit dem passenden "Ja, Sir" zum richtigen Zeitpunkt und seiner natürlichen Neigung, hilfreich zu sein, und lässt sie auf dem Schreibtisch liegen, um sich mit seiner neuen Umgebung vertraut zu machen.

Er testet ihre Aufmerksamkeit, indem er ihr kleine Sofortnachrichten sendet und lächelt über ihre sofortigen Antworten, während sie die Aufgaben und die verschiedenen Zeiten liest, über die sie sich an ihrem Schreibtisch beschwert hat.

DIE WIRKLICHE BESETZUNG

Er war geduldig und freundlich, als sie ihren neuen Job in seiner Firma kennenlernte.

Er sprach oft über den Instant Messaging-Bildschirm mit ihr, wenn sie nicht in Besprechungen oder außerhalb des Unternehmens war, und fragte sie nach ihrer Familie, Freunden, wie die Dinge mit ihrem Freund liefen, damit sie sich wie sie fühlte Sie sehen Ihre Liebe und Ihr echtes Interesse an ihrem Leben.

Während der arbeitsreichen ersten Wochen seiner Ausbildung nahm er sich die Zeit, sich mit ihr zu beraten und gegebenenfalls ihren Zeitplan anzupassen, um ihr Mentor, ihre Freundin und manchmal eine strenge Vaterfigur zu werden.

Er scherzte mit ihr, spielte Spiele und plauderte liebenswürdig.

Die Gespräche wurden mit der Zeit immer vertrauter.

Sie spielten oft Wahrheit oder Pflicht am Computer, und im Spiel wurden ihre Fragen persönlicher und direkter.

Dann machte er eine Pause, während er seine letzte Antwort las.

Er hatte erwartet, dass so etwas passieren würde, aber nie wirklich erwartet, dass es passieren würde.

Hier spielte er die Wahrheit und hier war die Chance, sich wieder mit ihr zu trauen.

Sie hat immer die Wahrheit gewählt ... und sie hat nur gestanden, dass ihr Freund sie verprügelt hat und dass sie es mochte.

Damit würde er beginnen, seinen Traum zu verwirklichen.

Sie wusste, dass sie das wahrscheinlich nie wieder mit ihm spielen würde, und zog sich fast zurück, weil sie dachte, sie wollte aufhören oder schlimmer noch, jemandem in der Firma und dann ihrer Familie davon erzählen.

Er musste jedoch weitermachen.

Sein lang gehegter Wunsch trieb ihn an und er begann zu schreiben. Sie hatte es nicht gewagt, aber er schrieb weiter ...

* * *

"Ich wage dich, mich dich verprügeln zu lassen, Susy."

Sie starrte, konnte nicht glauben, was sie las.

Sie war ihm nahe gekommen, hatte ihn und die Art, wie er sich um sie kümmerte, verehrt und ihr das Gefühl gegeben, etwas Besonderes zu sein, fast so, als wäre sie ihr Vater.

Vielleicht scherzte er wieder mit ihr und glaubte nicht, was sie ihm über ihr Date in der Nacht zuvor erzählt hatte.

Ihre Gedanken rasten bei dem Gedanken, wie sie sich von ihrem Freund verprügelt gefühlt hatte, und sie wand sich auf ihrem Sitz, als ihr klar wurde, dass sie antworten musste.

Er starrte mit leerem Nachrichtenfeld auf den Bildschirm und wartete auf seine Antwort.

* * *

Er fing an auszuflippen, aber dann sah er, dass sie schrieb.

Sein Herz schlug schnell und er geriet in Panik, bevor er endlich sah, was sie schrieb.

"Jawohl."

Sie tippte schnell und drängte sie und ihr Glück zu handeln:

"Dann betreten Sie mein Büro und schließen Sie die Tür. Wenn Sie mein Büro betreten, werden Sie alle meine Befehle befolgen, Sie werden auf meinem Schoß liegen, ohne zu sprechen, und Sie werden sich meiner Prügel unterwerfen."

* * *

Sie blinzelte bei seiner Antwort.

Dieses Spiel wurde ernst, aber es war nur ein Spiel, oder?

Testete er sie?

Soll ich zurück gehen?

Sie waren beide aus ihren eigenen Gründen nervös und angespannt und klebten am Computerbildschirm.

Sie wollte nicht die erste sein, die sich zurückzog und sich von ihm ärgern ließ.

Sie schrieb:

"Jawohl".

* * *

"Dann komm in mein Büro, Susy, und mach die Tür zu."

Es gab keine Antwort, aber sie eilte in ihr Büro und schloss die Tür wie ein verängstigtes Kaninchen, ungläubig über das, was sie gerade akzeptiert hatte, und dachte, dass er immer noch mit ihr spielte.

Er saß scheinbar teilnahmslos da, als sein Körper nach ihr schmerzte und ihre Angst, Verwirrung und die Hitze in seinen Augen sah, die sie am Laufen hielt.

"Mein Schoß wartet"

Sie trat einen Schritt vor und er hob seine Hand und blieb mitten im Schritt stehen.

"Du hast zugestimmt, mir zu gehorchen, wenn ich diesen Raum betrete, nicht wahr?"

Sichtbar zitternd flüsterte sie:

"Jawohl".

Er zeigte auf den Boden, er wurde ermutigt und er knurrte,

"Krieche auf mich zu."

Er beobachtete, wie die Emotionen auf ihrem Gesicht spielten, Widerwillen, Angst, Angst, Aufregung und schließlich Unterwerfung.

Er stieß den Atem aus, den er anhielt, als er sah, wie der Beginn seines Traums wahr wurde. Ihr kleiner Körper fiel auf ihre Knie und dann in seine Hände, als sie auf ihn zukroch.

Er spürte, wie sein Schwanz bei ihrem Anblick zuckte.

Es war sein letztes, wenn auch nur für diesen Nachmittag.

* * *

Sie konnte nicht glauben, dass sie das tat, dieser Mann, von dem sie ihr ganzes Leben lang gewusst hatte, dass er sie wirklich verprügeln würde.

Das Spiel war zu weit gegangen, aber warum stoppte er es nicht?

Sie erkennt, dass sie ihn wollte!

Oh Gott, wollte sie ihn?

War etwas mit ihr nicht in Ordnung?

Warum fühlte es sich so an?

Ihre Augen richteten sich auf ihren starken Körper in ihrem großen Stuhl, als sie ihre Füße erreichte und wie eine Schlange rutschte, die sie auf seinem Schoß bewegte.

Er wusste, dass es falsch war, aber er konnte nichts dagegen tun.

Ohne Worte, ohne Diskussion, ohne sie dafür zu streicheln, dass sie ein gutes Mädchen ist, schlug seine Hand hart in ihren Arsch und sie quietschte.

* * *

Er sah den schönen Engel an, der auf ihn zukroch. Seine Gedanken wanderten zu den dunkelsten Orten und mussten sich zurückziehen, so jung und beeindruckbar, dass er seinen Wert nicht erkannte.

Er benutzte all seine Willenskraft, um teilnahmslos zu bleiben, als sie auf seinen Schoß rutschte. Sicher, er kann diese Härte in ihrem Bauch spüren, als er ihren Rock anhebt, einen rosa Tanga enthüllt, seine Hand hebt und sie mit aller Kraft schlägt. .

Wenn auch nur einmal, er hat es genossen.

Beobachten Sie, wie sich ihre angespannten Muskeln unter dem Angriff kräuseln und ihre Handabdrücke auf ihrer weißen Haut rot leuchten.

Sie quietscht und schnappt nach Luft:

"Ohhhhh thatooo hurtsleeeeee".

Sie quietscht und dreht ihre Beine, während er sie wieder tief peitscht.

* * *

Sie verliert den Überblick über die Prügel, als der Schmerz ihren kleinen Körper füllt und sie wärmt.

Sie bemerkt die Hitze, die in ihrer kleinen Muschi beginnt und die Nässe an ihren Schenkeln, als er sie peitscht.

Verloren in seiner Wärme und dem Bedürfnis zu schreien, strichen kleine Tränen über ihre Wangen.

* * *

Seine Hand wird taub, als er sie hart peitscht und die Verspannungen ihrer harten Muskeln, ihre Schreie und Bitten genießt, damit sie aufhört, ihn zu verprügeln, während er ihren kleinen Arsch knallrot malt.

Er bleibt stehen, als er sieht, wie sie unglaublich nass zwischen seinen Beinen ist und ihr kleiner Körper auf seinem Schoß zuckt.

* * *

Ihre Gedanken waren in der Kraft dieses Mannes gefangen, als sie nach Luft schnappte und schrie.

Während er sie weiter hart und schnell peitscht, übernimmt ihr Körper die Kontrolle, während ihr Geist schwankt. Sie spürt die Hitze und das aufgestaute Bedürfnis nach einem übermäßig unfähigen Freund und verliert sich in dem Gefühl, dass sie kommt, hart wird und ihren Orgasmus hat. Mit dieser einfachen Tracht Prügel spritzt es auf ihre Schenkel.

Sie fühlt, dass er innehält und innerlich stirbt.

Seine Schande erfüllt sie, als sie auf seinem Schoß zittert und nach Luft schnappt und schluchzt.

Die Wärme ihrer Röte erfüllte ihr Gesicht, so verlegen, wie hätte sie das tun können?

* * *

Er lächelt, als er sieht, wie ihr Gesicht vor Verlegenheit rot wird, sie an Ort und Stelle hält und weiß, dass dies ihr Moment ist.

"Für die nächste Woche wirst du mein Sklave. Dies wird deine königliche Beschäftigung sein. Du wirst mir in allem gehorchen, was ich dir befehle. Du wirst jederzeit in Sicht bleiben und meine Erlaubnis einholen, wenn nötig zu gehen, auch wenn nur zu Geh auf die Toilette. Ich werde dich besitzen und du wirst mir gehorchen. Am Ende einer Woche werden wir wieder darüber reden. "

* * *

Sie liegt auf seinem Schoß und spürt den Orgasmus seiner Prügel. Sie hört seinen Worten zu.

Es ist eine Aussage, keine Frage.

Er erkennt, dass er ihm keine Optionen gegeben hat.

Sie neigt beschämt den Kopf und zittert an dem, was sie gerade getan hat.

Und sie stöhnt:

"Jawohl"

DIE GESCHICHTE WIRD IM NÄCHSTEN BAND FORTGESETZT: DEN REGELN